leicht & logisch
Lektüre für Jugendliche

Hier kommt Paul

von Sarah Fleer

 Alles Digitale zu diesem Buch kann auf der Lernplattform **allango** von Ernst Klett Sprachen abgerufen werden. So geht's:

 QR-Code scannen oder **www.allango.net** aufrufen | Buchtitel oder ISBN in der Suche eingeben und auf das Buchcover klicken | Zum Inhalt navigieren, direkt abrufen oder speichern

Zu diesem Buch auf allango verfügbar: **Hörbuch.**

Ernst Klett Sprachen

Stuttgart

Quellen:
S. 8 shutterstock.com; S. 40 Peter – pixelio.de; S. 44 S. Hofschlaeger –
pixelio.de; S. 46 Nicholas Moore – shutterstock.com

 Dieses Symbol verweist im Text auf die entsprechenden Audio-Dateien.

Weitere Lektüren in der Reihe „leicht & logisch":

Die Sommerferien	A1	605112
Einmal Freunde, immer Freunde	A1	605113
Neu in der Stadt	A1	605114
Drei ist einer zu viel	A1	605115
Neue Freunde	A2	605116
Frisch gestrichen	A2	605117
Kolja und die Liebe	A2	605118

1. Auflage   1 14 13 12 11 10 | 2028 27 26 25 24

Autorin: Sarah Fleer

Redaktion: Annerose Bergmann
Zeichnungen: Anette Kannenberg
Tonstudio: Plan 1, München
Tonregie und Postproduktion: Christoph Tampe
Sprecher und Sprecherinnen: Detlef Kügow, Mario Geiß, Benedikt Halbritter,
Benno Kilimann, Jenny Perryman, Carolin Seibold
Layout und Satz: Kommunikation + Design Andrea Pfeifer, München
Umschlag: Bettina Lindenberg
Druck und Bindung: Plump Druck & Medien GmbH, Rheinbreitbach

Printed in Germany
ISBN 978-3-12-605119-4

INHALT

DIE FREUNDE

Paul, Pia, Kolja und Nadja gehen auf dieselbe Schule. Sie sind Freunde und machen in ihrer Freizeit viel zusammen. Marc geht auch auf ihre Schule, aber in eine andere Klasse.

Pia ist Pauls Freundin. Sie ist sehr gut in der Schule und hat immer gute Ideen. Und sie hat einen Hund, Plato.

Kolja geht in Pauls Klasse und spielt zusammen mit Paul Fußball beim SV Rasentreter.

Nadja ist die beste Freundin von Pia. Sie macht nicht so gern Sport und sie hat einen Freund, Robbie.

Marc ist sehr sportlich und viele Mädchen sind in ihn verliebt. Er freut sich immer, wenn er Paul ärgern kann.

Nora spielt mit Paul und Kolja Fußball im Verein. Sie ist die Kapitänin.

Paul hat viele Freunde und er spielt Fußball beim SV Rasentreter. In der Schule ist er leider nicht so gut und er hat oft Probleme mit Marc.

1

Alle warten

2

Hi Leute!

Wir haben eine neue Wohnung. Deshalb mache ich am Samstag um 16 Uhr eine Party bei mir im Garten. Ich lade euch alle herzlich ein.

Und das Beste ist: Wir schlafen in Zelten im Garten. Bringt bitte einen Schlafsack mit!

Meine neue Adresse heißt Victorstraße 4 in Großdorf. Im Anhang ist ein Plan.

Ich hoffe, ihr kommt. Bitte sagt mir bis Donnerstag Bescheid!

Euer Paul

Es ist Samstag, 15:30 Uhr. Nadja, Robbie, Kolja und Anton stehen an der S-Bahn-Station in Glücksdorf und warten seit zehn Minuten auf Pia und Plato. Die Fahrkarte haben sie schon gekauft. Die S-Bahn nach Großdorf kommt in einer Minute.

„Wo bleibt Pia denn nur?", schimpft Robbie.

„Sie ist doch immer pünktlich. Warum heute nicht? Die S-Bahn fährt gleich los." Nadja ist schon sehr nervös.

„Da! Sie kommt! Wie sieht Plato denn aus?", fragt Kolja.

„Schnell, Pia! Wir müssen zum Gleis!", ruft Anton.

Die Freunde laufen schnell zu Gleis 2, aber die Türen sind schon zu und die S-Bahn fährt ab. Mist!

- Wann kommt die nächste S-Bahn, Nadja?
- Da steht es, Kolja. Erst in 30 Minuten!
- Oh, nein! Wir kommen viel zu spät!
- Tut mir leid, Leute, das ist alles meine Schuld[1]. Oder nein, Plato ist schuld.
- Ja, erzähl mal, Pia. Warum bist du so spät gekommen? Und warum hast du nicht Bescheid gesagt?

Pia erzählt ihren Freunden, dass sie mit Plato zum Tierarzt musste und ihr Handy zu Hause vergessen hat.

3-4

„Ach, deshalb trägt Plato diesen Schal. Wer sagt Paul Bescheid? Wir müssen ihm sagen, dass wir später kommen", sagt Kolja.

Nadja hat schon ihr neues Handy in der Hand.

---

1 die Schuld: man hat etwas gemacht und deshalb haben andere ein Problem

Hi Paul, wir kommen später. Haben die S-Bahn verpasst[2] und müssen 30 Minuten warten. Tut uns soooo leid! Nadja

Oh, nein! Schade! Alles ist fertig! Ich warte.

Die Freunde laufen am Gleis hin und her. Es ist langweilig.
„Endlich, da kommt die S-Bahn!", ruft Anton plötzlich.
„Alle einsteigen!"

In Großdorf steigen die Freunde aus.
„Ich habe den Plan. Kommt!" Pia läuft los.
Um zwanzig vor fünf kommen sie endlich an.
„Paul! Hallo Paul! Wir sind da!", rufen sie.
„Da seid ihr ja endlich! Kommt in den Garten!"

---

2 verpassen: nicht pünktlich sein und deshalb ist die Bahn / der Bus / ... schon abgefahren

2

Die Gartenparty

„Cool, ihr habt ja einen schönen Garten!"

„Danke, Pia. Ja, wir haben jetzt echt viel Platz, deshalb können wir auch in den Zelten schlafen. Aber kommt, ich zeige euch erst mein neues Zimmer. Es ist viel größer als mein altes."

Die Freunde gehen ins Haus.

„Wow, echt schön hier. Coole Musikanlage! Darf ich?" Robbie hat schon drei CDs in der Hand.

„Klar, mach uns ein bisschen Musik."

„Jetzt musst du immer mit der S-Bahn zur Schule fahren, oder?", will Pia wissen.

„Ja, stimmt. Mein Weg zur Schule ist jetzt viel länger."

„Dann kannst du gar nicht mehr mit dem Skateboard zur Schule fahren. Fährst du denn noch Skateboard?" Anton stellt sich vorsichtig auf Pauls Skateboard.

„Ja, hier in Großdorf gibt es sogar einen Skaterpark! Der ist ganz neu. Ich war aber erst einmal da. Ein paar Leute dort sind richtig gut."

„Du bist auch richtig gut", meint Pia.

Paul wird ein bisschen rot im Gesicht und schaut auf den Boden.

„Hm, weiß nicht. Aber Fußball ist sowieso wichtiger."

„Stimmt genau, Paul. Dieses Jahr wollen wir die Meisterschaft[3] gewinnen und wir brauchen dich. Also komm lieber weiter zum Fußballtraining", sagt Kolja.

Paul spielt schon lange beim SV Rasentreter Fußball und seit einem Jahr ist auch Kolja dabei, weil Paul ihn einmal mitgenommen hat. Beide finden Fußball total wichtig.

„Kommt, Leute. Wir gehen zurück in den Garten und machen den Grill an."

Plato springt hoch und bellt. Er freut sich, denn er frisst am liebsten Würstchen.

„Plato, du hast Zahnschmerzen! Oder sind die Schmerzen plötzlich weg?" Pia schaut Plato streng an.

„Ich glaube, Plato ist wieder gesund, Pia", sagt Paul und lacht.

Im Garten spielen die Freunde Volleyball und hören Musik. Kolja steht am Grill und brät die Würstchen.

Um 23 Uhr kommen Pauls Eltern nach Hause.

„Paul, es ist schon spät! Bitte räumt langsam auf und dann ab in die Zelte!", ruft Pauls Vater.

---

3 die Meisterschaft: ein Wettkampf beim Fußball; findet jedes Jahr statt und viele Teams machen mit

„Jetzt schon, Papa? Morgen ist doch Sonntag!", ruft Paul.

„Die Nachbarn wollen auch schlafen. Also, los jetzt", antwortet Herr Kunze.

„Oh Mann, die Nachbarn. Die sind mir doch egal", sagt Paul leise. Die anderen kichern[4].

Ganz langsam räumen sie auf.

„Und wer schläft mit wem in einem Zelt?", will Nadja wissen.

„Dieses Zelt ist für dich und Pia. Ich schlafe mit Kolja hier und Robbie und Anton schlafen in dem Zelt da", erklärt Paul.

„Also dann, gute Nacht! Komm, Nadja." Pia ist schon fast im Zelt.

„Gute Nacht!", rufen die Jungs.

6

---

4 kichern: leise und schnell lachen

3

Der Englischtest

Es ist Montagmorgen. Englischunterricht.
„Ich habe eure Tests korrigiert", sagt die Lehrerin und verteilt die Tests an die Schüler.

● Oh, nein. Der Test war total schwer. Ich habe bestimmt eine schlechte Note.

Pia dreht sich zu Paul um.

○ Wirklich, Paul? Der Test war doch gar nicht so schwer. Hast du nicht gelernt?

● Doch, die ganze Nacht.

○ Oh, super! Ich habe eine Zwei! Und du, Nadja?

■ Ich auch! Cool!

● Tja, ich hab's doch gesagt. Eine Fünf.

○ Was? Eine Fünf? Oh, Paul! Du Armer!

Der Unterricht geht weiter, aber Paul kann nicht mehr zuhören. Schon wieder eine Fünf. Das ist nicht das erste Mal in diesem Schuljahr. Letzte Woche hat er auch in Mathe eine Fünf bekommen. Paul hat ein bisschen Angst. Seine Eltern sind bestimmt sauer. Was soll er ihnen nur sagen?
„Hoffentlich darf ich weiter Fußball spielen. Ich kann doch nicht immer nur lernen", denkt er.

Nach der Schule gehen die Freunde ins Juze, das Jugendzentrum an der Autobahn. Das ist ihr Lieblingsort.
Paul wirft sich sauer auf das Sofa.

das Sofa

„Was ist denn mit Paul los?", fragt Anton.

„Er hat schlechte Laune[5], weil er im Englischtest eine Fünf geschrieben hat", erklärt Pia.

„Wirklich? Der Test war doch nicht so schwer …"

Pia setzt sich zu Paul auf das Sofa.

- Du, Pia, ich glaube, ich schlafe heute Nacht hier im Jugendzentrum.
- Warum das denn?
- Meine Eltern. Wenn ich schon wieder mit einer Fünf nach Hause komme, … Mein Vater sagt sicher, dass ich noch mehr lernen muss und nicht mehr Fußball spielen darf.
- Oje, du Armer. Aber deine Eltern machen sich bestimmt Sorgen, wenn du heute nicht nach Hause kommst. Wie lange hast du denn für den Englischtest gelernt?
- Die ganze Nacht. Das habe ich doch schon erzählt.
- Wirklich? Die ganze Nacht? Und was hast du am Nachmittag gemacht? Hast du da auch gelernt?
- Nein, da war ich beim Fußballtraining. Aber ich habe pünktlich um acht Uhr

---

5 schlechte Laune haben: nicht glücklich sein, unzufrieden sein

13

abends nach dem Essen mit dem Lernen angefangen und ab elf Uhr habe ich noch im Bett weitergelernt. Naja, um halb fünf war ich dann richtig müde. Da bin ich eingeschlafen.

○ Da hast du aber nicht viel geschlafen. Du warst morgens sicher ganz müde!

● Nein, ich habe ja zum Frühstück drei Tassen Kaffee getrunken. Das war schon okay. Warum fragst du eigentlich? Wie lange hast du denn gelernt, Pia?

○ Ich? Ach, das erkläre ich dir später. Hast du schon mal was von einem Lernplan gehört? Aber komm, wir spielen erst mal ein bisschen Tischfußball.

4

Der Lernplan

Am Abend fährt Paul doch nach Hause. Er hat keine Angst mehr.
Seine Eltern sitzen schon beim Abendessen und warten auf ihn.
„Hallo Mama, hallo Papa!", ruft er.

„Hallo Paul. Du kommst aber spät. Heute war doch gar kein Training, oder?", fragt Pauls Vater.

„Nein, ich war mit Pia, Kolja und den anderen im Juze. Wir haben für morgen nicht viele Hausaufgaben. Die mache ich ganz schnell nach dem Abendessen", erklärt Paul.

„Ihr habt doch letzte Woche Englisch geschrieben, oder? Habt ihr den Test schon zurückbekommen?", will Pauls Mutter wissen.

„Ja."

„Und?"

„Ich habe eine Fünf", flüstert[6] Paul.

„Eine Fünf? Schon wieder? Also wirklich, Paul. So geht das nicht weiter. Ich glaube, du musst mehr lernen und weniger Fußball spielen."

Pauls Vater ist richtig sauer. Pauls Mutter sieht Paul nur traurig an.

„Nein, Papa, ich muss nicht mehr lernen. Ich muss nur anders lernen. Hier, schau mal: Das ist mein neuer Lernplan. Pia und ich haben ihn heute zusammen geschrieben. Pia macht sich auch immer einen Plan und sie schreibt immer eine Eins oder eine Zwei."

---

6 flüstern: sehr leise sprechen

Paul zeigt seinem Vater den neuen Lernplan.

Montag	Dienstag	Mittwoch
14–15 Uhr: Hausaufgaben	15–16 Uhr: Hausaufgaben	14–15 Uhr: Freizeit im Juze
15–15:30 Uhr: Freizeit	16–16:30 Uhr: Freizeit	15–16:30 Uhr: Englisch sprechen und Mathe lernen mit Pia im Juze
15:30–16 Uhr: Englisch lernen	16:30–17 Uhr: Mathe lernen	17:30–19:30 Uhr: Fußball
16–19 Uhr: Freizeit	17:30 Uhr–19:30 Uhr: Fußball	20:30–21:30 Uhr: Hausaufgaben
19–19:30 Uhr: Hausaufgaben Rest	ab 20:30 Uhr: Hausaufgaben Rest	
ab 21 Uhr: Buch auf Englisch lesen	ab 21 Uhr: Film auf Englisch sehen	

Der Vater liest Pauls Lernplan.

„So, so. Du willst viel Mathe und Englisch lernen. Das ist gut. Aber du hast doch auch noch andere Fächer."

„Ja, aber da bin ich doch ganz gut. Ich schreibe immer eine Zwei oder Drei in den anderen Fächern", erklärt Paul.

„Hm, stimmt. Ich glaube, das ist ein guter Plan. Aber natürlich nur, wenn du es auch genau so machst."

„Ja, natürlich, Papa. Du, ich muss jetzt in mein Zimmer Hausaufgaben machen und dann dieses wahnsinnig spannende Buch lesen. Es ist ein Krimi auf Englisch. Pia hat ihn mir ausgeliehen."

Paul steht auf und geht in sein Zimmer. Er hat wieder gute Laune. Dieser Plan war wirklich eine tolle Idee von Pia. Er hängt den Lernplan gleich über seinen Schreibtisch.

Dann macht er seine Hausaufgaben. Nach einer halben Stunde ist Paul fertig. Er holt den Krimi aus seiner Tasche, legt sich auf das Sofa und liest. Der Krimi ist wirklich spannend. Paul versteht nicht alle Wörter, aber das macht nichts. Die wichtigen Wörter sucht Paul schnell im Wörterbuch auf seinem Handy.

Um 23:00 Uhr kommt Pauls Mutter ins Zimmer.
„Geh jetzt ins Bett und mach das Licht aus, Paul. Du hast morgen Schule!"

5

Beim Fußballtraining

Am nächsten Tag haben Paul und Kolja Fußballtraining. Paul holt Kolja zu Hause ab. Sie fahren zusammen mit dem Fahrrad zum Fußballplatz vom SV Rasentreter. In ihrer Mannschaft[7] spielen auch drei Mädchen.

Trainer Olli ruft die Mannschaft zusammen.
„Also, Leute, am Sonntag ist unser nächstes Spiel gegen den TVJ Unterau. Das müssen wir gewinnen, sonst können wir die Meisterschaft vergessen. Das ist doch klar, oder?"
„Jaaaa! Wir gewinnen!", rufen alle.
„Gut. Zuerst lauft ihr mit dem Ball um den Platz und dann machen wir ein kleines Spiel. Zum Schluss schießt ihr auf das Tor. Alles klar? Dann los!"
Die Fußballer laufen los und spielen begeistert:

---

7 die Mannschaft: das Team
8 das Foul: jemand spielt unfair

18

Kolja und Paul sind in der roten Mannschaft, aber die grüne Mannschaft ist besser. Paul und Kolja verlieren immer wieder Bälle.

Nach dem Spiel ärgern sich Kolja und Paul. Das Spiel war nicht gut. Und Trainer Olli hat den beiden gesagt, dass sie am Sonntag unbedingt besser spielen müssen.

Aber jetzt sollen alle auf das Tor schießen. Paul freut sich.
„Jetzt schieße ich bestimmt ein paar Tore", denkt er.
Zuerst ist Kolja dran. Der Schuss ist gut, aber der Torwart hält den Ball.
Dann ist Paul dran. Er schießt ... vorbei. „Mist!"
„Das kannst du doch viel besser, Paul. Konzentrier[9] dich! Denk an die Meisterschaft", ruft Trainer Olli.

Dann ist Nora an der Reihe. Sie ist die Kapitänin[10]. Sie schießt ... Toooooor!
„Super, Nora!", rufen die anderen Mädchen.
„Wie macht sie das nur?", denkt Paul.

Dann ist Kolja wieder dran und schießt ein Tor. Kolja lacht und wirft die Arme in die Luft.

---

9   sich konzentrieren: aufpassen
10 die Kapitänin: die Chefin vom Team

der Torwart   der Schuss

„Jetzt muss ich aber treffen", denkt Paul und schießt, aber der Torwart hält den Ball.

Paul ist unzufrieden. Morgen, beim letzten Training vor dem Spiel am Sonntag, muss er wirklich besser spielen.

Auf dem Weg nach Hause sprechen Kolja und Paul über das Training. „Nora hat acht Mal ins Tor geschossen! Sie ist einfach klasse!", sagt Kolja.

„Hast du etwa gezählt?" Paul ist genervt. Er möchte auch so gut spielen wie Nora.
„Warum klappt das nicht?", denkt er. „Vielleicht brauche ich für Fußball auch einen Lernplan. Ach, so ein Quatsch! Mann, und ich muss ja auch noch Hausaufgaben machen, weil ich heute Nachmittag nichts geschafft habe. So ein Mist", denkt Paul.

Jetzt hat er wirklich schlechte Laune.

6

Schon wieder?

das Schwarze Brett

der Aushang

Sportfest

Unser Sportfest findet in diesem Jahr
am 3. Juni von 9 Uhr bis 14 Uhr statt.

Wie immer könnt ihr eure Lieblings-Disziplin auswählen.
Eure Klassenlehrer verteilen Listen.
Bitte tragt euch bis Donnerstag ein[11].

Die Disziplinen:

Laufen:	Springen:	Werfen:
– 100 Meter	– Weitsprung	– Weitwurf
– 300 Meter	– Hochsprung	– Kugelstoßen
– 2 Kilometer		

11 sich eintragen: seinen Namen in eine Liste schreiben.

Am nächsten Tag in der Pause hat Paul wieder gute Laune. Pia, Kolja und Paul stehen am Schwarzen Brett und lesen den Aushang.

- Cool, endlich wieder Sportfest. Das heißt, wir haben keinen Unterricht, jippieh!
- Was machst du denn beim Sportfest, Paul?
- Hm. Weiß noch nicht, Pia. Ich glaube, den 300-Meter-Lauf. Das kann ich ganz gut.
- Wirklich? Bist du nicht im 2-Kilometer-Lauf besser? Du läufst doch so oft mit Pia und Plato im Park.
- Genau, Kolja! Komm, Paul, wir laufen zusammen die 2 Kilometer.
- Pia, du weißt doch, dass Jungen und Mädchen nicht zusammen laufen dürfen. Außerdem bin ich beim 300-Meter-Lauf schneller fertig.
- Warum läufst du dann nicht 100 Meter?
- Ähm, neeeee. Und du, Kolja? Was machst du?
- Hochsprung. Das kann ich am besten.

In der nächsten Stunde verteilt die Klassenlehrerin die Listen und alle Schüler tragen sich ein.
„Will denn niemand 300 Meter laufen?", fragt Paul.
„Nein, nur du. Vielleicht musst du dann beim Sportfest gar nicht laufen und bekommst trotzdem eine Medaille[12]", antwortet Pia.
„Das hoffe ich!"

Am Freitag hängen die Listen für das Sportfest am Schwarzen Brett. Dort steht, wer mit wem wann läuft, springt oder wirft.

12 die Medaille:

„Das kann doch wohl nicht wahr sein!", ruft Paul schockiert.

„Was ist denn los, Paul?", fragt Pia.

„Hier, schau mal. Nur zwei Personen machen den 300-Meter-Lauf. Ich und … Marc! Ach, das blöde Sportfest!"

„Marc? Du meinst den blöden Marc aus der 10b? Schon wieder? Du musstest doch letztes Jahr auch gegen ihn laufen, oder?"

„Stimmt. Aber das war beim 100-Meter-Lauf. Dieses Mal habe ich extra 300 Meter gewählt. Ich dachte, dass Marc sicher wieder die 100 Meter läuft. Ich will nicht gegen ihn laufen. Ich mag ihn nicht und er mag mich nicht."

Paul ist sauer.

Im Unterricht kann er nicht mehr richtig zuhören. Er muss immer an das Sportfest denken – und an Marc. Schon wieder Marc!

7

SV Rasentreter gegen TVJ Unterau

Paul wacht am Sonntag schon um sieben Uhr auf. Heute ist das Spiel gegen den TVJ Unterau. Zum Glück hat Paul beim letzten Training besser gespielt, deshalb ist er optimistisch, dass sie das Spiel heute gewinnen.

„Das ist meine Chance. Ich muss gut spielen", denkt er und packt seine Sporttasche.

Da klingelt sein Handy – eine SMS. „Oh, Pia ist auch schon wach." Paul liest die Nachricht von Pia und antwortet.

Um 9:30 Uhr holt Paul Kolja ab. Das Spiel beginnt um 11 Uhr, aber alle sind schon um 10 Uhr auf dem Sportplatz. Trainer Olli erklärt noch einmal die Taktik[14].

---

13 die Daumen drücken: hoffen, dass jemand etwas gut macht oder Glück hat
14 die Taktik: der Plan, mit dem Plan will man ein Ziel erreichen

Pünktlich um 11 Uhr geht das Spiel los.

„Ich muss ein Tor schießen. Ich habe es Pia versprochen", denkt Paul und läuft los.

Aber in der ersten Halbzeit[15] passiert leider gar nichts. Beide Mannschaften sind gleich stark. Trainer Olli ist nicht zufrieden, Paul auch nicht.

Die zweite Halbzeit beginnt. Pauls Mannschaft hat den Ball. Paul läuft ganz schnell los.

„Hier!", ruft er.

Paul bekommt den Ball, er läuft Richtung Tor, aber er weiß, dass er das Tor nicht selbst schießen kann. Da sieht er Nora. Sie steht genau richtig. Er schießt zu Nora. Superpass[16]! Sie bekommt den Ball. Nora schießt und … Tooooor!!!

---

15   die Halbzeit: die Hälfte vom Spiel
16   der Pass: den Ball zu einem Mitspieler schießen

1 : 0 für den SV Rasentreter! Alle laufen zu Nora und jubeln[17].

Paul freut sich natürlich, aber eigentlich wollte doch er das Tor schießen. Für Pia.
„Super vorbereitet, Paul!" Kolja ist gekommen und grinst.
„Hm, danke." Jetzt ist Paul doch ein bisschen stolz[18].

Das Spiel geht weiter. Es gibt viele gute Chancen für den SV Rasentreter. Paul und Nora spielen gut, aber der Torwart vom TVJ Unterau ist auch nicht schlecht. Und so ist das Spiel nach 90 Minuten mit 1 : 0 vorbei.

„Gewonnen!", ruft Trainer Olli und läuft zu seinen Spielern auf den Platz. „Ihr habt super gespielt. Nora und Paul, ihr seid ein tolles Team! Das nächste Spiel ist in zwei Wochen. Das gewinnen wir auch!"

---

17 jubeln: begeistert rufen, sich sehr freuen
18 stolz sein: glücklich sein, weil man etwas Tolles geschafft hat

8

Pauls Ausreden

Am Sonntagabend liegt Paul in seinem Bett und ist glücklich.
„Wir haben gewonnen, in der nächsten Woche schreiben wir 12
keinen Test, wir haben kein Fußballspiel und das Sportfest ist
auch erst am 3. Es wird eine gute Woche. Kein Stress, viel Freizeit", denkt Paul.
Dann nimmt er den englischen Krimi von Pia. Er ist wirklich spannend. Paul liest jeden Abend und hat schon viele neue Wörter
gelernt.

Paul macht die ganze Woche alles so, wie es auf seinem Lernplan steht, und er ist zufrieden. Er hat genug Freizeit, macht alle
Hausaufgaben und Pia hilft ihm bei Mathe und Englisch. Auch
beim Fußballtraining ist Paul ganz gut.

Am Freitag muss Paul plötzlich wieder an das Sportfest
denken. Und an Marc! Gleich
nach der Schule schaltet er
den Computer an.

Paul schaut auf Facebook.
Aber was ist das?

Sportfest, 300-Meter-Lauf

öffentlich   von **Marc**

🕐 Wann: 3. Juni, 12:30 Uhr   🏳 Wo: Sportplatz

Hej Leute!
Kommt alle am Dienstag um 12:30 Uhr auf den Sportplatz. Dann
beginnt der 300-Meter-Lauf. Wie letztes Jahr laufe (und gewinne)
ich wieder gegen den kleinen Paul. Hallo Paulchen! Liest du das
hier und zitterst[19] schon? Hahaha!!!

13-14

Jetzt hat Paul echt schlechte Laune.

Wütend macht er den Computer aus.

Das ganze Wochenende kann Paul nur noch an das Sportfest
denken.

*Ich sage Plato, er soll mir ins Bein
beißen[20]. Nee, lieber nicht.*

Ich bin am Dienstag krank.

*Ich sage einfach, ich habe
meine Sportsachen vergessen
und kann nicht laufen.*

*Ich mache mir einen Ver-
band an den Arm und sage,
ich hatte einen Unfall.*

---

19 zittern: große Angst haben

20 ins Bein beißen:

28

9

Marc und seine Fans

Am Montagmorgen weiß Paul immer noch nicht, was er machen
soll. „Hoffentlich treffe ich Marc nicht auf dem Schulhof. Und
Marcs Fans, die dummen Mädchen", denkt er.
Aber da kommt Marc auch schon. Und seine Fans sind auch
dabei.

- Na, Kleiner? Morgen ist das Sportfest. Hast du schon Angst?
- Nö, warum auch?
- Na, weil du morgen den Lauf gegen mich verlierst! So wie
  letztes Jahr.
- Das ist mir doch egal!
- Ach, wirklich? Stört dich das nicht? Morgen sehen alle, dass
  ich stärker und schneller bin als du. Du hast keine Chance!
- Pah! Das interessiert mich nicht! Blödes Laufen …
- Hast du blöd gesagt? Laufen ist doch nicht blöd. Es ist toll!
  Für mich! Ich gewinne ja …

Marcs Fans kichern und sehen Marc ganz verliebt an.
Paul geht einfach weiter und antwortet nicht mehr. Er ist ziemlich sauer. Marc ist so ein Blödmann. Warum verstehen seine Fans das nicht? Warum finden sie ihn so toll? Weil er groß und stark ist? Weil er sportlich ist?

Da kommt Pia. Sie versteht ihn und sie findet Marc auch blöd.

Pia tröstet Paul und jetzt weiß Paul, dass der Lauf nicht wichtig ist. Er hat immer noch die besten Freunde auf der Welt. Deshalb will Paul morgen beim Sportfest laufen.

16

10

Das Sportfest

Am nächsten Tag ist Paul schon sehr früh auf dem Sportplatz. Sein Lauf ist erst um 12:30 Uhr, aber Pia läuft die 2 Kilometer schon um 10 Uhr und Kolja muss um 11 Uhr zum Hochsprung. Paul möchte dabei sein und seinen Freunden die Daumen drücken.

Um kurz vor zehn gehen Pia, Paul und Kolja zum Start.
- 🔵 Na los, Pia. Du musst dich beeilen!
- ⚪ Ja, also dann bis später!
- 🔵 Wir drücken dir die Daumen! Du schaffst das! Viel Glück!
- 🟦 Genau!

- 🔵 Lauf, Pia, lauf!
- 🟦 Schau mal, Paul. Da kommt Marc mit seinen Fans.
- 🔵 Jetzt schon? Oh nein.

Paul und Kolja drehen sich um und wollen weggehen, aber Marc hat die beiden schon gesehen.

„Hallo Paulchen! Wo willst du denn hin? Nach Hause? Hast du Angst? Wir sehen uns später und dann zeige ich dir, wie man gewinnt! Haha!", lacht Marc und seine Fans lachen auch.

„Warum machst du eigentlich nicht Hochsprung, Marcilein? Hast du Angst? Beim Hochsprung zeige ich dir, wie man gewinnt", ruft Kolja wütend. „So ein Angeber! Komm, Paul. Pia ist sicher gleich wieder da."

„Tschüss, ihr Süßen! Bis später am Start!", ruft Marc ihnen nach.

Pia hat Platz 3 geschafft und ist sehr zufrieden.
Kolja, Paul und Pia gehen zum Hochsprung.
Kolja schafft 1,30 Meter. Das ist nicht schlecht. Platz 4 für Kolja!

11

Der 300-Meter-Lauf

Es ist gleich halb eins. Nadja ist um 11:30 Uhr gekommen und hat geworfen. Platz 29 von 30 für sie, aber Nadja ist nicht traurig. Sie mag Sport nicht. Da macht man sich immer die Fingernägel kaputt.

Pia, Nadja und Kolja gehen mit Paul zum Start. Paul ist sehr nervös und möchte am liebsten nach Hause. Marc wartet schon und redet mit seinen Fans.
„Hey, kleiner Paul! Du siehst ja gar nicht gut aus. Gleich geht's los. Willst du wirklich laufen und gegen mich verlieren?"
Marc und seine Fans lachen.
„Pass nur auf, Marc. Paul ist heute topfit[21]!", ruft Pia.
„Oh, nein", denkt Paul.
„Stellt euch an den Start!", ruft ein Lehrer.
„Auf die Plätze, … fertig, … LOS!"

---

21 topfit: sehr fit

Paul und Marc laufen los.
„Los, Paul, lauf!"
„Du schaffst das, Paul!"
Doch Marc ist schneller. Paul läuft und läuft, aber noch schneller kann er seine Beine nicht bewegen.

Marc ist jetzt schon fast bei der Kurve. Paul läuft weit hinter Marc. Aber was ist denn da los? Wo läuft Marc denn hin? Sieht er die Kurve nicht? Er schaut die ganze Zeit zu seinen Fans und läuft einfach geradeaus weiter.

die Absperrung

Marcs Fans rufen ganz laut, aber zu spät: Marc läuft in die Absperrung. Und Paul kommt als Erster ins Ziel. Er hat gewonnen! Wahnsinn!

Paul kann es kaum glauben.

„Super, Paul! Du hast gewonnen! Ich habe es gewusst!", ruft Pia. Sie freut sich riesig und Paul ist einfach glücklich.

12

Paul im Glück

Seit dem Sportfest geht es Paul richtig gut. Er hat keine Angst mehr, wenn er Marc auf dem Schulhof sieht. Und Marc ärgert Paul nicht mehr.

Beim Fußballtraining spielt Paul supergut. Trainer Olli ist sehr zufrieden. Bald ist das letzte Spiel vor den Sommerferien. Paul freut sich. Er weiß, dass die Mannschaft topfit ist. Und wenn der SV Rasentreter das letzte Spiel gewinnt, gewinnen sie auch die Meisterschaft.

Aber vorher muss Paul noch ein paar Tests in der Schule schreiben. Deshalb treffen sich Paul und Pia fast jeden Nachmittag im Jugendzentrum und lernen zusammen.

20

Der Mathetest war gar nicht so schwer, findet Paul. Und tatsäch-
lich: Paul bekommt eine Drei!
21
„Schau mal, Pia! Eine Drei! Meine Eltern freuen sich bestimmt!"
„Toll, Paul. Siehst du? Ich habe es doch gewusst", meint Pia. „Und
in Englisch schaffst du nächste Woche auch eine Drei."
„Klar! Mindestens!" Paul ist jetzt sehr optimistisch.

Endlich ist das letzte Fußballspiel: Der SV Rasentreter spielt
gegen den FC Kullerball. Der FC Kullerball hat im letzten Jahr
die Meisterschaft gewonnen. Die Mannschaft ist wirklich gut.
Das Spiel findet auf dem Sportplatz vom FC Kullerball statt. Um
10 Uhr kommen Paul und Kolja an.
„Meinst du, wir schaffen das? Wir müssen gewinnen. Aber das
wird ganz schön schwer, glaube ich." Kolja ist ein bisschen nervös.
„Klar gewinnen wir! Komm schon, Kolja. Heute schießen wir ein
paar Tore!" Paul hat richtig Lust auf das Spiel. Er ist topfit.

Das Spiel beginnt. Beide Mannschaften sind stark. Paul, Kolja,
Nora und die anderen kämpfen[22].
Tooooor … für den FC Kullerball.

---

22 kämpfen: alles versuchen, sich sehr anstrengen, weil man gewinnen möchte

„Das darf nicht wahr sein! Los, Leute! Konzentriert euch!",
schimpft Nora.
Das Spiel geht weiter. Mal ist der FC Kullerball nah am Tor, mal der
SV Rasentreter. Aber keine von den Mannschaften trifft. Pause.
„Mann, das gibt's doch nicht! 1 : 0 für den FC. Aber wir spielen
weiter. Wir sind besser als die! Wir machen die zwei Tore!", sagt
Trainer Olli.

Das Spiel geht weiter. Und fast trifft der FC Kullerball schon
wieder, aber zum Glück nur fast – kein Tor!
Jetzt hat Kolja den Ball. Er läuft und gibt den Ball an Nora weiter.
Macht Nora das Tor? Der Torwart hält. So ein Mist!
Aber da, er verliert den Ball. Das ist Pauls Chance. Er schießt
zwischen die Beine vom Torwart und … trifft!

Alle jubeln und laufen zu Paul.
„Endlich", denkt Paul.

Aber das Spiel ist noch nicht vorbei. Es steht 1 : 1. Der SV Rasentreter braucht noch ein Tor.
Nur noch eine Minute. Es muss etwas passieren. Da! Ein Fehler
beim FC Kullerball und Paul bekommt den Ball. Noch 40 Meter
bis zum Tor. Paul läuft und läuft. Er schießt den Ball zu Nora.
„Los, schieß ein Tor, Nora", denkt Paul.

Aber Nora schießt zurück zu Paul. Das war eine gute Idee. Paul steht genau richtig. Er schießt und … Tooooooooooor! Unglaublich[23]! 2 : 1 für den SV Rasentreter!

Das Spiel ist aus. Alle jubeln und schreien[24] wie verrückt, aber Paul kann gar nichts mehr hören.

23 unglaublich: so fantastisch, dass man es nicht glauben kann
24 schreien: sehr laut rufen

KAPITEL 1

1 Sieh dir den Plan an und ergänze die Weg-beschreibung von Paul.

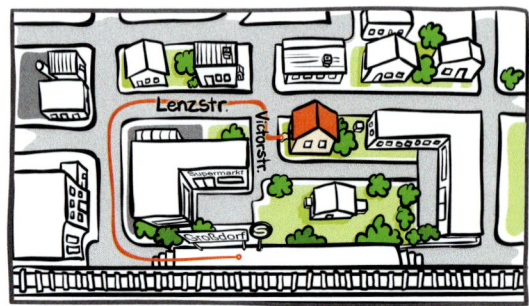

Hausnummer • ~~rechts~~ • Meter • rechts • klingeln • Seite • geradeaus • Lenzstraße

Geht an der Haltestelle Großdorf links raus. Biegt dann

_____rechts_____ (1) ab und geht _____ (2). Biegt

wieder rechts in die _____ (3) ab. Dort müsst

ihr 100 _____ (4) zur Victorstraße gehen und

_____ (5) abbiegen. Ich wohne gleich auf der linken

_____ (6) in _____ (7) 4. Ihr müsst bei

Kunze _____ (8).

SV – Sportverein

In einem Sportverein können Kinder, Jugendliche und Erwachsene verschie-dene Sportarten machen, z. B. Fußball, Handball, Schwimmen, Turnen, Yoga usw. Man bezahlt jeden Monat oder jedes Jahr Geld dafür. Sport im Verein ist meistens viel billiger als in einem Fitnessclub oder Sportcen-ter. Oft organisieren die Vereine auch Feste, Sportausflüge und Feriencamps. Viele Leute finden dort Freunde.

3

2 Was passt zusammen? Verbinde. Hör dann zur Kontrolle.

1. Plato hatte Zahnschmerzen,

A deshalb geht es Plato jetzt besser.

2. Beim Arzt waren so viele andere Tiere,

B deshalb musste Pia mit ihm zum Arzt.

3. Der Arzt hat Plato eine Spritze gegeben,

C deshalb konnte sie ihre Freunde nicht anrufen.

4. Pia hatte nicht genug Geld dabei,

D deshalb musste sie zur Bank gehen.

5. Pia hat ihr Handy zu Hause vergessen,

E deshalb mussten Pia und Plato lange warten.

KAPITEL 2

3 Welche Informationen passen zu Paul? Kreuze an.

- ☒ 1. Er wohnt in Großdorf.
- ☐ 2. Er hat ein neues Zimmer.
- ☐ 3. Er hat einen Hund.
- ☐ 4. Er kann mit dem Skateboard zur Schule fahren.
- ☐ 5. Er fährt jetzt nicht mehr Skateboard.
- ☐ 6. Er spielt Fußball beim SV Rasentreter.
- ☐ 7. Er findet Fußball wichtiger als Skateboard fahren.
- ☐ 8. Er schläft gern im Zelt.
- ☐ 9. Er geht gerne früh schlafen.

4 Hör den Dialog. Was ist richtig? Kreuze an.

1. Pia schläft in einem Zelt mit ☐ Paul ☒ Nadja ☐ Robbie.
2. Nadja hat viele ☐ Klamotten ☐ Decken ☐ Zelte dabei.
3. Pias Zelt ist ☐ am kleinsten ☐ am größten ☐ am schönsten.
4. Die Mädchen haben im Zelt ☐ keine Haarbürste
   ☐ keine Ruhe ☐ keinen Platz.
5. Pia findet im Zelt etwas, aber sie kann nichts ☐ hören
   ☐ sehen ☐ fühlen.

KAPITEL 3

5 Finde elf Wörter zum Thema *Schule*. Markiere sie.

A	N	Ü	V	L	O	R	I	S	L	T
K	O	R	R	I	G	I	E	R	E	N
B	T	U	M	E	A	M	N	Ö	R	Z
U	E	J	A	K	N	E	G	F	N	U
D	Ä	T	T	I	F	M	L	Ü	E	H
M	L	E	H	R	E	R	I	N	N	Ö
H	I	S	E	Ö	T	Z	S	F	A	R
U	N	T	E	R	R	I	C	H	T	E
S	C	H	U	L	J	A	H	R	H	N

6 Was passt zusammen? Verbinde die Sätze.

1. Paul hat schlechte Laune,   _D_
2. Paul will im Juze schlafen,   ____
3. Pia will nicht, dass Paul im Juze schläft,   ____
4. Paul hat am Nachmittag nicht gelernt,   ____
5. Paul ist erst um halb fünf eingeschlafen,   ____

A weil seine Eltern bestimmt sauer auf ihn sind.

B weil er die ganze Nacht gelernt hat.

C weil er Fußballtraining hatte.

D weil er eine Fünf im Englischtest geschrieben hat.

E weil sich seine Eltern dann Sorgen machen.

KAPITEL 4

7 Sieh dir Pauls Lernplan auf S. 16 an und beantworte die Fragen.

1. Wann und wie lange hat Paul Fußballtraining?

   Am Dienstag und _____

2. Wann und wie lange ist Paul im Jugendzentrum?

   _____

3. Wann kann Paul montags Skateboard fahren?

   _____

4. Wann muss Paul montags Hausaufgaben machen?

   _____

KAPITEL 5

8 Kreuze an: richtig oder falsch?

	richtig	falsch
1. Paul und Kolja spielen zusammen mit zwei Mädchen im Fußballverein.	☐	☒
2. Am Sonntag muss ihre Mannschaft unbedingt das Spiel gewinnen.	☐	☐
3. Das rote Team spielt nicht so gut wie das grüne Team.	☐	☐
4. Die Jungs spielen besser als die Mädchen.	☐	☐
5. Paul und Kolja haben nach dem Training gute Laune.	☐	☐
6. Paul hat noch keine Hausaufgaben gemacht.	☐	☐

9 Welche fünf Wörter findest du nicht im Kapitel? Streich durch.

~~Sportplatz~~ • Fahrrad • Trainer • Lauf • Meisterschaft • Platz • Hand • Samstag • Spiel • Tor • Glück • Schuss • Luft • Training • Lernplan • Mathe • Hausaufgaben

KAPITEL 6

Sportfeste und Bundesjugendspiele

Ein oder zwei Mal im Jahr gibt es an allen Schulen ein Sportfest. Die Schüler und Schülerinnen kämpfen in verschiedenen Disziplinen gegen alle im gleichen Alter oder sie kämpfen als Klasse gegen die anderen Klassen. Die Disziplinen sind z. B. 100-Meter-Lauf, Hochsprung, Weitsprung, Werfen usw.

Bei den Bundesjugendspielen muss man mehrere Disziplinen machen und sammelt Punkte. Am Ende bekommt man eine offizielle Urkunde.

10 Was passt zu wem? Ordne zu.

Pia

Paul

Marc

Kolja

A freut sich zuerst sehr auf das Sportfest.

B hat wie Paul den 300-Meter-Lauf gewählt.

C kann am besten Hochsprung.

D will mit Paul zusammen laufen.

E will 2 Kilometer laufen.

F kann eigentlich besser 2 Kilometer laufen, will aber nicht.

G geht in die Klasse 10b.

KAPITEL 7

11 Wie heißen die Wörter zum Thema *Fußball*? Ergänze auch die Artikel. Wie heißt das Lösungswort?

1. den Ball mit dem Fuß wegschießen _der_ S C H U S S

2. den Ball zu einem Mitspieler schießen ____ _ _ _ _

3. Das macht man, wenn man unfair spielt. ____ _ _ _ _

4. Da muss der Ball hin. ____ _ _ _

5. die Chefin der Mannschaft ____ _ _ _ _ _ _ _ _ _

6. Ein anderes Wort für „Team". ____ _ _ _ _ _ _ _ _ _ _

7. die Hälfte von der Spielzeit ____ _ _ _ _ _ _ _ _

8. Dort kann man Fußball spielen. ____ _ _ _ _ _ _ _ _ _ _

9. Die Person darf mit der Hand spielen. ____ _ _ _ _ _ _ _

Lösungswort: ____ S _ _ _ _ _ _ _ _ _

12 Was ist richtig? Kreuze an: A, B oder C?

1. Wer wünscht Paul am Sonntag viel Glück?
☐ A   Trainer Olli.
☐ B   Kolja.
☒ C   Pia.

2. Wann muss Paul auf dem Sportplatz sein?
☐ A   Um 9:30 Uhr.
☐ B   Um 10 Uhr.
☐ C   Um 11 Uhr.

3. Welche Mannschaft spielt in der ersten Halbzeit besser?
☐ A   Der SV Rasentreter.
☐ B   Der TVJ Unterau.
☐ C   Keine von beiden.

4. Wer schießt das Tor?
☐ A   Nora.
☐ B   Paul.
☐ C   Kolja.

5. Warum schießt niemand ein zweites Tor?
☐ A   Es ist nicht mehr genug Zeit.
☐ B   Der Torwart vom TVJ Unterau ist sehr gut.
☐ C   Der SV Rasentreter spielt so schlecht.

Fußball

Fußball ist der beliebteste Sport in den deutschsprachigen Ländern. In Deutschland ist jeder achte Deutsche Mitglied in einem Fußballverein. Es gibt in jeder Stadt und fast in jedem Dorf mindestens einen Fußballverein. Auch Mädchen und Frauen spielen Fußball oder sind Fans von einem großen Fußballverein. Richtige Fans gehen fast jedes Wochenende ins Stadion.

KAPITEL 8

13 Was ist richtig? Markiere.

Paul geht es sehr <mark>gut</mark> / schlecht (1). Er hat keinen Stress / Krimi (2) und viele Tests / viel Freizeit (3). Mit dem Lernplan klappt alles wunderbar / überhaupt nichts (4).
Aber am Montag / Freitag (5) hat Paul wieder schlechte Laune / Noten (6), weil Marc eine falsche / blöde (7) Einladung auf Facebook geschrieben hat. Das ganze Wochenende denkt Paul nur noch an die Einladung / das Sportfest (8). Er überlegt sich viele Ausreden / Taktiken (9).

13

14 Hör zu und ergänze: *Paul* oder *Marc*.

1. _Marc_ hat eine Einladung geschrieben.

2. _____ ist ein Angeber und ein Blödmann.

3. _____ ist normal groß.

4. _____ ist sehr groß.

5. _____ ist sehr schnell.

6. _____ will nicht gegen _____ laufen.

7. _____ denkt, er hat keine Chance.

8. _____ ist wahrscheinlich am Dienstag krank.

KAPITEL 9

16

15 Ergänze den Dialog. Hör dann zur Kontrolle.

los • Angeber • Freunde • gewinnt • Angst • Sportfest • schaffst • traurig • Quatsch • doof

⬤ Hey, Paul! Was ist denn _los_ (1)?

◯ Ach, nichts …

⬤ Na los, sag schon!

◯ Ach, das blöde _____ (2). Marc ist ein

doofer _____ (3).

⬤ Hast du _____ (4)?

◯ _____ (5)! Ich hab' doch keine Angst.

⬤ Ach so … Du _____ (6) das schon!

◯ Ja, klar.

⬤ Sei nicht _____ (7)!

◯ Mhmm …

⬤ Wenn Marc _____ (8), ist er immer noch

_____ (9). Wenn du verlierst, bist du immer

noch mein …

◯ Ja?

⬤ Also, dann hast du immer noch viele

_____ (10)! Dabei sein ist

alles!

16 Was bedeutet der Satz? Kreuze an.

Dabei sein ist alles.
- [ ] A Alle müssen mitmachen.
- [ ] B Mitmachen ist wichtiger als gewinnen.
- [ ] C Man muss alles mitnehmen.

17 Finde zehn Verben aus dem Kapitel und markiere sie. Lies dann die nicht-markierten Buchstaben und ergänze den Satz.

BESTREFFENTEVERLIERENNFRSTÖRENEUINTERESSIEREN
NDLAUFENEGEWINNENAUKICHERNF
DVERSTEHENERTRÖSTENWEWISSENLT

Paul hat die _bes_____.

KAPITEL 10

18 Was kann man sagen, wenn ein Freund einen Test schreibt, ein Fußballspiel hat, an einem Lauf teilnimmt …? Kreuze an.

- [ ] A Viel Glück!
- [ ] B Ich drücke dir die Daumen.
- [ ] C Ich zeige dir, wie man gewinnt.
- [ ] D Du schaffst das!
- [ ] E Hast du schon Angst?
- [ ] F Du gewinnst ganz sicher!
- [ ] G Du hast keine Chance!

19 Was passt zu welcher Person? Verbinde.

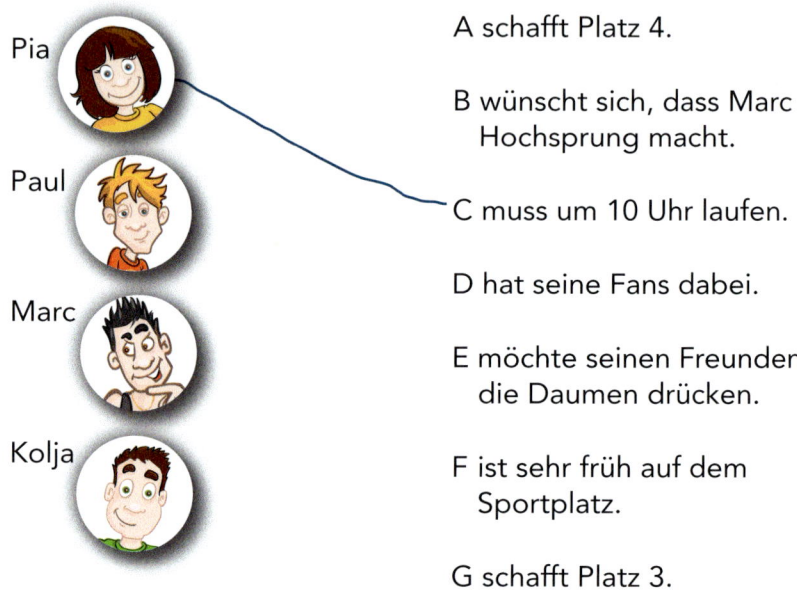

Pia

Paul

Marc

Kolja

A schafft Platz 4.

B wünscht sich, dass Marc Hochsprung macht.

C muss um 10 Uhr laufen.

D hat seine Fans dabei.

E möchte seinen Freunden die Daumen drücken.

F ist sehr früh auf dem Sportplatz.

G schafft Platz 3.

KAPITEL 11

20 Kreuze an: richtig oder falsch?

	richtig	falsch
1. Nadja kann nicht gut werfen.	☒	☐
2. Marc wartet schon und ist ganz nervös.	☐	☐
3. Pia denkt, dass Paul gewinnt.	☐	☐
4. Paul ist viel langsamer als Marc.	☐	☐
5. Marc achtet nicht auf die Kurve.	☐	☐
6. Marc läuft um die Absperrung und gewinnt.	☐	☐

KAPITEL 12

21 **Ergänze den Text.**

~~Angst~~ • Noten • ärgert • Meisterschaft • Mathe •
Fußballspiel • gut • Tore • lernt • Marc • megaglücklich •
Halbzeit • Mannschaften

Paul geht es sehr gut, weil er jetzt keine ___*Angst*___ (1)

mehr vor _____ (2) hat und Marc ihn nicht mehr

_____ (3). Außerdem spielt Paul richtig _____ (4)

Fußball und er freut sich auf das letzte Spiel in der

_____ (5).

An den Nachmittagen _____ (6) er viel Englisch

und _____ (7) mit Pia und bekommt bessere

_____ (8).

Das letzte _____ (9) ist gegen den FC Kullerball.

Beide _____ (10) sind stark, aber der FC macht

das erste Tor.

In der zweiten _____ (11) schießt Paul gleich zwei

_____ (12) und der SV Rasentreter gewinnt das

Spiel. Paul ist _____ (13).

22 Wer sagt das? Hör den Dialog und ergänze: *Pia* oder *Paul*.

1. Hast du den englischen Krimi schon gelesen? _Pia_

2. Hast du noch mehr englische Bücher? _____

3. Schon fertig? _____

4. Dann lernen wir jetzt Mathe. _____

5. Ich habe noch nicht alles verstanden. _____

6. Klar schaffst du das! _____

23 Das Spiel gegen den FC Kullerball. Ordne die Sätze in die richtige Reihenfolge.

___ A Nora schießt zu Paul und Paul schießt ein Tor.

___ B Der Torwart verliert den Ball und Paul schießt ein Tor.

___ C Die erste Halbzeit ist vorbei.

___ D Der FC Kullerball schießt fast ein Tor.

_1_ E Das Spiel beginnt.

___ F Das Spiel ist aus. Es steht 1 : 2 für den SV Rasentreter.

___ G Nora schießt auf das Tor, aber der Torwart hält.

___ H Der FC Kullerball schießt ein Tor.

___ I Es steht 1 : 1.

KAPITEL 1

1 2. geradeaus, 3. Lenzstraße, 4. Meter, 5. rechts, 6. Seite, 7. Hausnummer, 8. klingeln

2 2E, 3A, 4D, 5C

KAPITEL 2

3 2, 6, 7, 8

4 2. Klamotten, 3. am größten, 4. keinen Platz, 5. sehen

KAPITEL 3

5

A	N	Ü	V	L	O	R	I	S	L	T
K	O	R	R	I	G	I	E	R	E	N
B	T	U	M	E	A	M	N	Ö	R	Z
U	E	J	A	K	N	E	G	F	N	U
D	Ä	T	T	I	F	M	L	Ü	E	H
M	L	E	H	R	E	R	I	N	N	Ö
H	I	S	E	Ö	T	Z	S	F	A	R
U	N	T	E	R	R	I	C	H	T	E
S	C	H	U	L	J	A	H	R	H	N

6 2A, 3E, 4C, 5B

KAPITEL 4

7 1. Am Dienstag und Mittwoch von 17:30 bis 19:30 Uhr.
2. Am Mittwoch von 14 bis 16:30 Uhr.
3. Von 15 bis 15:30 Uhr und von 16 bis 19 Uhr.
4. Von 14 bis 15 Uhr und von 19 bis 19:30 Uhr.

KAPITEL 5

8 2r, 3r, 4f, 5f, 6r

9 Lauf, Samstag, Glück, Mathe

KAPITEL 6

10 Pia: E; Paul: A, F; Marc: B, G; Kolja: C

LÖSUNGEN

KAPITEL 7

11 2. der Pass, 3. das Foul, 4. das Tor, 5. die Kapitänin,
6. die Mannschaft, 7. die Halbzeit, 8. der Sportplatz, 9. der Torwart
Lösungswort: das SPORTFEST

12 2B, 3C, 4A, 5B

KAPITEL 8

13 2. Stress, 3. viel Freizeit, 4. alles wunderbar, 5. Freitag, 6. Laune, 7. blöde,
8. das Sportfest, 9. Ausreden

14 2. Marc, 3. Paul, 4. Marc, 5. Marc, 6. Paul, Marc, 7. Paul, 8. Paul

KAPITEL 9

15 2. Sportfest, 3. Angeber, 4. Angst, 5. Quatsch, 6. schaffst, 7. traurig,
8. gewinnt, 9. doof, 10. Freunde

16 B

17 treffen, verlieren, stören, interessieren, laufen, gewinnen, kichern,
verstehen, trösten, wissen
Paul hat die besten Freunde auf der Welt.

KAPITEL 10

18 A, B, D, F

19 Pia: G; Paul: E, F; Marc: D; Kolja: A, B

KAPITEL 11

20 2f, 3r, 4r, 5r, 6f

KAPITEL 12

21 2. Marc, 3. ärgert, 4. gut, 5. Meisterschaft, 6. lernt, 7. Mathe, 8. Noten,
9. Fußballspiel, 10. Mannschaften, 11. Halbzeit, 12. Tore,
13. megaglücklich

22 2. Paul, 3. Pia, 4. Paul, 5. Paul, 6. Pia

23 1E, 2H, 3C, 4D, 5G, 6B, 7I, 8A, 9F

3 Tut mir wirklich total leid. Also, das war so: Plato hatte Zahnschmerzen. Richtig schlimm! Also musste ich mit ihm zum Arzt. Aber da waren so viele andere Hunde und Katzen. Wir mussten ganz lange warten. Der Arzt hat Plato eine Spritze gegeben. Jetzt geht es ihm zum Glück schon besser. Aber dann hatte ich nicht genug Geld dabei und musste noch schnell zur Bank laufen. Beim Tierarzt muss man immer sofort bezahlen, wisst ihr? Na ja. Deshalb sind wir so spät. Und ich konnte euch nicht anrufen, weil ich mein Handy zu Hause vergessen habe.

6
- Mach mal ein bisschen Platz, Nadja.
- ○ Was denn, Pia? Hier ist doch Platz. Jetzt leg dich endlich hin.
- Was ist denn das hier alles?
- ○ Meine Klamotten.
- Was? Wir sind doch nur eine Nacht hier. Ich habe gar keinen Platz zum Schlafen.
- ○ Das Zelt ist viel zu klein.
- ▪ Pia, Nadja, Ruhe jetzt!
- ○ Können wir die Zelte tauschen, Paul? Wir haben nicht genug Platz.
- ▪ Wie bitte? Euer Zelt ist am größten.
- Aua! Was ist das? Ich kann nichts sehen!
- ○ Gib her! Das ist meine Haarbürste.
- Und was macht deine …?
- ▪ Ruhe!

13 Marc! Was schreibt der da bloß auf Facebook? Dieser Angeber! So ein Blödmann! Kleiner Paul, Paulchen nennt er mich. Wie peinlich! Aber ich bin nicht klein. Marc ist zu groß, ein Riese. Ein hässlicher Riese! Ich bin normal. Warum muss ich wieder gegen Marc laufen? Er ist viel größer und viel schneller. Ich habe keine Chance. Ich glaube, ich bin am Dienstag krank.

16
- Hey, Paul! Was ist denn los?
- ○ Ach, nichts …
- Na los, sag schon!
- ○ Ach, das blöde Sportfest. Marc ist ein doofer Angeber.
- Hast du Angst?
- ○ Quatsch! Ich hab' doch keine Angst.
- Ach so … Du schaffst das schon!
- ○ Ja, klar.

● Sei nicht traurig!

○ Mhmm …

● Wenn Marc gewinnt, ist er immer noch doof. Wenn du verlierst, bist du immer noch mein …

○ Ja?

● Also, dann hast du immer noch viele Freunde! Dabei sein ist alles!

20

● Hast du den englischen Krimi schon gelesen?

○ Oh, ja! Warte, ich habe ihn dir mitgebracht. Hier, bitte. Hast du noch mehr englische Bücher?

● Schon fertig?

○ Ja, das Buch war richtig spannend. Ich habe oft bis ein oder zwei Uhr nachts gelesen.

● Wirklich? Also, zu Hause habe ich noch mehr Krimis. Ich bringe dir morgen einen mit, okay?

○ Gut. Dann lernen wir jetzt Mathe. Der Test morgen ist bestimmt sehr schwer. Ich habe nämlich noch nicht alles verstanden. Ich darf nur nicht wieder eine Fünf schreiben, sonst kann ich das Fußballtraining im nächsten Jahr vergessen. Hoffentlich schaffe ich dieses Mal eine Vier.

● Klar schaffst du das!